UNE FEMME FRANÇAISE

(L'ACTION)

à

M. ZOLA « Hercule »

EN VENTE CHEZ TOUS LES LIBRAIRES ET KIOSQUES

PARIS

Prix : 15 centimes

UNE FEMME FRANÇAISE

à

M. ZOLA « Hercule »

EN VENTE CHEZ TOUS LES LIBRAIRES ET KIOSQUES

PARIS

Prix : 15 centimes

ZOLA

SERVITEUR DE LA FRANCE !!!

C'est avec une douleur profonde que nous avons vu, que nous voyons des hommes qui ont charge de gouverner, de défendre le pays, amenés à *se commettre* en justice avec un *corrupteur ordurier...*

Ce corrupteur, qui se pose *en serviteur* de notre Pays!! (Il a *servi,* dit-il, le pays *par sa plume* — audience du 11 févr.). C'est trop fort... Oui, en vérité, on *pourrait se servir* des écrits de Zola, *comme d'un fumier;* mais, avec les précautions que comportent les matières les plus infectes : pour toucher tels écrits, il faut des pincettes... La littérature, vraiment, ne pouvait guère tomber plus bas.

Un tel corrupteur *accusant* (et dans quel pays, dans quelle nation aurait-on souffert tel outrage?), ne peut être qu'un fou — peut être une brute — ou un vendu, acheté par les ennemis de la France, pour *jouer* au traquenard. Ceci paraît très clair.

Quant à nous, aimant notre Pays avec toute la générosité transmise par nos traditions (profondément affligée de nos divisions, aussi bien que d'une invasion corruptrice qui les provoque, venant de tous les points), nous voulions, non pour le compromettre, mais *pour relever son prestige,* lui dire ses vérités à la veille des graves élections qui sont *pour choisir des hommes* d'intelligence et de cœur — et de Principes — pour gouverner sagement un grand Pays.

Au milieu du gâchis, des troubles suscités par un corrupteur, pour faire du scandale, et trahissant l'hospitalité, en *abusant de la liberté,* nous nous sommes demandée si nous pouvions nous permettre le langage qui conviendrait pour démêler toutes vérités, en telles confusions...

Notre programme (jeté déjà pendant la période électorale de 1893, pour le bien de notre Pays) c'était *un Appel à la raison, au bon sens* du vrai Peuple Français. Nous avons, depuis lors, souffert d'entraves très-pénibles; mais, toujours travaillé quand même — silencieusement — afin *de doubler* nos anciennes observations de toutes expériences actuelles, rattachées à l'Histoire, aux Sciences, à la Philosophie, à la

Religion, (la relation par excellence : *le lien total*), pour tout unir, pour tout pacifier.

Notre travail, nous avions tenu *à le dédier à notre Héroïne,* Jeanne d'Arc, qu'il serait bon de proclamer *comme la Mère* de la Patrie Française.

Puisse cette *céleste Figure* devenir pour nous, à la veille de nos grandes élections, *notre Étendard,* le point de ralliement : *le lien conciliateur,* nous dirons même *purificateur,* pour éliminer à tout jamais les corrupteurs en tous genres, qui ont travaillé et qui travaillent à notre dissolution morale, à la dissolution de notre Pays.

MARTHE

Paris, ce 12 février 1898.

UNE FEMME FRANÇAISE
à ZOLA « Hercule »

Nous lisons dans plusieurs journaux — et feuilles sérieuses — des *félicitations étranges,* et étrangères, adressées à M. Zola, telles que celles-ci :

« Un seul, contre tous! »

« Au 2e *Hercule,* Zola, qui entreprend de nettoyer les écuries d'Augias. »

RÉPONSE

Il faudrait d'abord nettoyer les étables à pourceaux, dont votre illustre écrivain, votre Hercule, est le Coryphée...

Mais, si nous avons *des écuries* à nettoyer, c'est notre affaire; chaque pays a les siennes... et aucun n'a le droit de nous insulter, mais à faire son examen de conscience...

Quand à nous, ce n'est pas avec de la haine, avec du mépris, de la raillerie, avec une critique sceptique et moqueuse, encore moins avec *la plume infecte* d'un Hercule prétendu (un héros en corruption, oui; artificiellement recouvert d'une peau de lion, un vrai lion pornographe, en effet); mais avec une intelligence, *avec un cœur s'inspirant d'amour, de respect pour notre Patrie Française,* que nous *voulons la servir;* (et, aussi servir l'humanité; car, nous en sommes, de l'humanité, et rien de ce qui est noble et humain, nous est étranger.)

Notre *Étendard,* à l'avenir — nous aimons à l'espérer de tout ce qui reste d'élevé, de *vivant* parmi nous — *sera celui d'une Héroïne,* celle là, qui ne s'est pas masqué d'une peau de lion : Elle, notre Jeanne d'Arc, s'est *inspirée au cœur d'une force sublime*, descendue des régions célestes, pour *confondre les calculs perfides*, ténébreux, de toutes forces brutales, de toute présomption orgueilleuse.

Nous invitons tout homme intelligent, notre chère jeunesse surtout, à s'inspirer aux sources, pures, *généreuses*, où s'est abreuvée notre heroïne, les seules qui, avec une force de lion, *donnent la mesure de la valeur*, et font la véritable grandeur, la vraie dignité.

Que l'Étendard de la Patrie, soit donc celui de notre Jeanne d'Arc, *colombe d'espérance*, au cœur de lion sous son apparente faiblesse : plus forte que des armées rangées en bataille. C'est sous l'*Égide* de Jeanne d'Arc que nous nous sommes placées à nouveau, nous Femme Française, (lui ayant déjà dédié nos travaux), pour nous mesurer avec un Hercule prétendu qui à souffleté notre Patrie.

Qu'une prompte Justice se fasse; qu'un Jury énergique et éclairé, ne transige pas: qu'on sache reconnaître que les accusations d'un Zola, c'est le soufflet d'un fou, sinon d'une brute, à la Nation Française ; ou, un guet-apens.

Ces deux articles — des 12 et 14 févr. — étaient pour paraître dans un Journal modéré, impartial, *dans un Journal de cœur;* mais nous avons pensé qu'il vallait mieux les publier d'une façon *indépendante*, comptant, *en bloc*, sur tout ce qu'il y a de plus loyal, de plus moral, non seulement dans notre pays, mais en tous lieux.

Nous déclarons donc ici, nous femme Française[1], prendre seule

(1) Française appartenant à une famille qui n'est pas de celles qui s'enrichissent pour jouir, mais de celles qui se sacrifient. Et, pour publier ceci, nous avons à déclarer surtout que nous ne *sommes payée de personne* : nous mettons en vente quelques épaves de fortune, quelquos restes de cautionnement de famille, *n'aspirant qu'à pouvoir travailler davantage pour le bien de notre Patrie*, ni à d'autres récompenses pour nos fatigues, *qu'à la joie de voir notre belle France* (assez aveuglée sur ses meilleurs intérêts, nous en convenons), *tourner son noble regard* non plus vers ce qui la dégrade, mais vers ce qui *peut la surélever*. (Oh! il y a des réformes, nous le savons : Les Nations, comme les individus, *doivent marcher* vers le Vrai, vers le Bien ; mais, ce n'est pas *un pornographe* qui peut nous éclairer, et nous moraliser...

la *responsabilité* de ces deux articles, suggérées par l'amour que nous portons à notre *Patrie,* et par l'indignation soulevée chez tout âme honnête, en présence d'un tel accusateur : M. Zola, auteur de *Nana,* etc. etc... et de la *Débacle*... Ce dernier *chef-d'œuvre* traduit, est disputé, paraît-il, sur nos frontières, où l'on trouve que « *seul,* ce *héros,* peut actuellement *sauver* la belle France malade ». Et voici, chez d'autres voisins :

« A picture of french Morals.
« Une peinture de mœurs françaises. } Traduction de *Nana.*

C'est ainsi que M. Zola, « *ami* de la France, » « *serviteur* de la France, » a porté et porte aux quatre coins du monde, le *renom* Français ! ! !

Nous prenons *seules,* disons-nous, la responsabilité de ces deux articles : nous déclarons, en outre, n'avoir jamais écrit jusqu'ici, dans aucun Journal, ni Revue : *nous préparions* simplement, — *en silence,* parmi nos difficultés — *un travail assez complexe, assez ardu,* inspiré par notre conscience, pour le bien de notre Pays, lorsque le soufflet d'un *corrupteur pornographe, accusant,* est venu nous frapper, non en plein visage, mais en plein cœur...

De grâce ! que tout homme généreux, que tous hommes d'intelligence et de cœur se lèvent, non pour déclamer, mais *pour trancher* des questions qui ne devaient pas se poser ; pour mettre fin à des invectives scandaleuses ; et, à *sa vraie place* un fou *accusateur,* ou un vendu.

Pour sauver, en un mot, avec l'honneur du Drapeau français, l'intégrité de la Patrie.

MARTHE

Paris, le 14 février 1898.

Paris. — Imp. Expéditive A. LEGON, 5, rue Lécuyer.

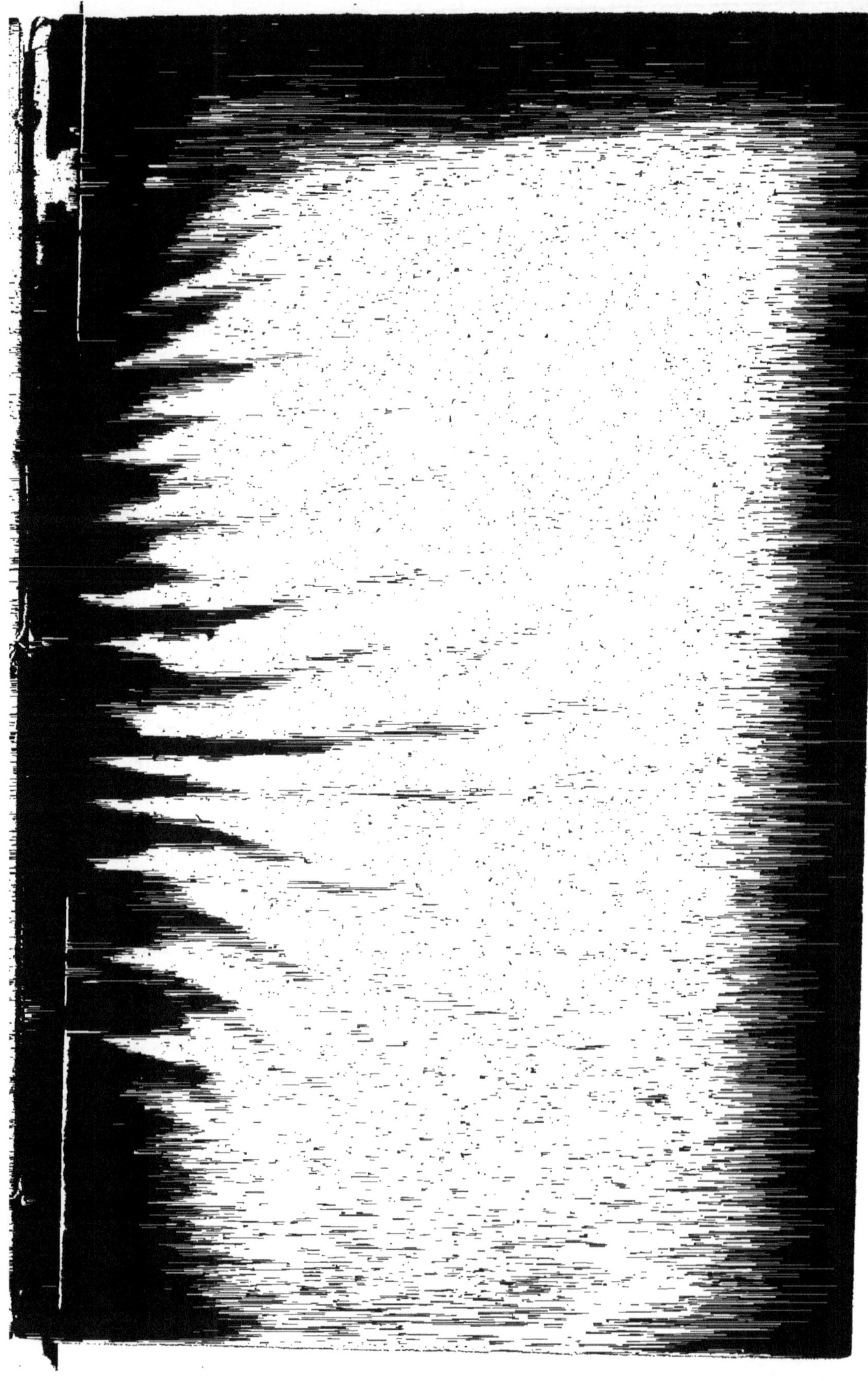